衛斯理系列 少年版 11
地底奇人

上

作者：衛斯理

文字整理：耿啟文

繪畫：鄺志德

衛斯理
親自演繹衛斯理

老少咸宜的新作

　　寫了幾十年的小説，從來沒想過讀者的年齡層，直到出版社提出可以有少年版，才猛然省起，讀者年齡不同，對文字的理解和接受能力，也有所不同，確然可以將少年作特定對象而寫作。然本人年邁力衰，且不是所長，就由出版社籌劃。經蘇惠良老總精心處理，少年版面世。讀畢，大是嘆服，豈止少年，直頭老少咸宜，舊文新生，妙不可言，樂為之序。

倪匡　2018.10.11　香港

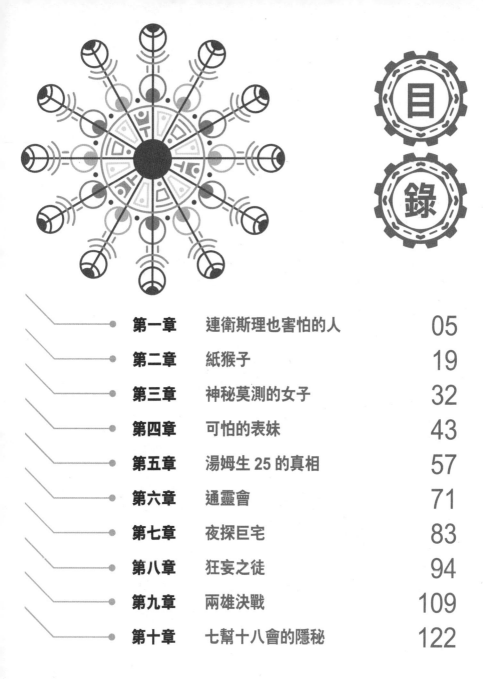

主要登場角色

老蔡

白素

紅紅

衛斯理

杜仲

白奇偉

秦正器

第一章

連衛斯理
也害怕的人

　　不少人想知道我和白素是怎樣認識的，那要從我某天收到一個可怕的短訊🎤講起，那時是 ✦🔮鑽石花事件✦ 後幾個月，我在公司收到一個短訊，嚇得幾乎從辦公椅跌到地上。

　　那是我管家老蔡發來的短訊，說剛收到消息，我表妹 **紅紅** 可能會回來度假。

　　我聞得「噩耗」後，整天神不守舍，❓**疑神疑鬼**👻❓，總怕紅紅會忽然現身做出什麼 **惡作劇** 來。

桌上的傳話機突然響起了**女秘書**蔡小姐的聲音：「衛先生，有客人要見你。」

「客人」我大感疑惑，「我沒有約過任何人啊。」

「是的，但那客人說非見你不可，而且不願意向我透露姓名。」

我愈聽愈覺得**可疑**，問道：「他是什麼樣的人？」

「是一個——應該是兩個——」蔡小姐的聲音非常**猶豫**。

她說得那樣含糊，甚至連客人是一個人還是兩個人都分不清楚，使我更加肯定這是紅紅的惡作劇，她可能扮成了一個孕婦，甚至是連體人來見我！要知道，她的易容化裝技巧不在我之下。

我怕紅紅會在外面作弄我公司的員工，於是立即說：「請客人進來吧！」

「知道。」

蔡小姐應了一聲後，我也連忙作出**防禦**準備，立即拉開抽屜看看有什麼防禦工具，但抽屜裏只放着鑽石花事件中G領事送我的那柄象牙**手槍**。

我不至於要用手槍來應付表妹的惡作劇，所以唯一能做

的，就是按動辦公桌底下的一個鈕，本來鋪在桌上的一塊**不碎玻璃**便豎了起來，擋在我的面前。

這塊玻璃因為室內光線巧妙的佈置，不仔細看是很難發現的。我深信它能幫我擋住九成以上的惡作劇。

我準備好了沒多久，門上便響起敲門聲，我深吸一口氣說：「**請進來。**」

進來的果然是兩個人，可是要見我的只是其中一個，但兩個人又必須一起進來。

他不是孕婦，也不是連體人，而是一個**盲者**，所以必須有另一個人帶引着他。

那盲者外表是一個 **老年人**，大約六十歲以上，穿着一套**唐裝**，手中握着一根雕刻得極其精緻，鑲着象牙頭的**手杖**。

他一進門，便除下了黑眼鏡，看起來確實是個瞎子。

但我不能**掉以輕❤**，因為我和紅紅多年沒見，不知道她易容的功夫進步到什麼程度。

引盲者進來的，是一個穿着校服的十二三歲小女孩，我倒不相信紅紅能扮成這個小女孩，所以我將注意力都放在那**老者**身上。

「請坐。」我禮貌地説。

他坐下來，從口袋摸出一張名片交給小女孩，小女孩又轉交給我，我面前隔住了一層玻璃，當然接不了，便抱歉地説：「對不起，我剛洗手，手還未乾，請放在桌上吧。」

小女孩把名片放到桌上，我清楚可見名片上印着三個字：**于廷文**。

我從未聽説過這個名字，很可能是紅紅隨便**杜撰**出來的。

我單刀直入地問：「紅紅，啊不，于先生，你來見我，

究竟是為了什麼**？**」

　　我故意這麼說，是讓他知道，我已經識穿他的**惡作劇**了，如果他真的是紅紅假扮的話。

　　但他用那雙顯然看不到任何東西的眼睛望着我，十分認真地回答：「我有一筆*大$買$賣*要找你談一談。」

　　我驚訝於他的化裝術之餘，更驚嘆他連聲音也假裝得非常像一個老男人。

　　他見我沒有回應，又說：「衛老弟，這筆大買賣只有你和我兩個人能辦到。」

　　我笑了笑說：「于先生，你既然來找我，應該知道，我有時候固然不太守法，但都只限於懲戒一些壞蛋，至於太過分的事情，我是絕不會做的。」

　　「衛老弟，這事完全不用犯法。」

　　「**噢，真的？**」我冷笑道。

他沉聲説：「那是一大筆財富，有最珍貴的  寶石 ✨，還有你從未見過的 鈔票 ——」

我實在沒有耐性陪他玩下去，忍不住説：「夠了！你有什麼把戲，趕快使出來，表哥沒閒情和你玩！」

他登時呆住，皺着眉道：「難道我找錯人了？衛斯理竟

是個 **神經失常** 的人？」

「**對！** 我瘋起來，可以連表妹也拋出窗外！」我故意嚇唬他。

「唉，看來我真的找錯人了，再見。」老者 **意興闌珊** 地嘆一口氣，站了起來，在小女孩牽引下轉身離去。

我坐在座位上等了兩分鐘，小心翼翼地觀察着四周，居然半點惡作劇也沒有發生過，不禁覺得有點不妥，難道這位老者與紅紅無關，他說的事情都是真的？

我連忙接通郭則清的電話：「小郭，剛才從我辦公室出去的那 **一老一少**，你注意到了沒有？你立即去跟蹤那老者，但不要讓他發覺。」

「**知道！**」郭則清興奮不已，因為他是一個夢想要做 **偵探** 的年輕人，在我的公司做事，就是想我帶他去歷險。

我走到窗前，望出窗外，看見于廷文和那小女孩已到了對面 馬路，而接着沒多久，郭則清也現身，穿過了馬路。

我不知道于廷文是否紅紅所扮，或是紅紅特意安排來**作弄**我的人，還是他跟紅紅根本無關，是真正有大買賣要跟我談。這一切正好交給想當偵探的郭則清去查好了。

我回到家中休息，郭則清一直未有向我報告，而我也漸漸將這件事忘記了。

一直到午夜，📞**電話鈴聲**才大震起來，我把手機抓到耳邊接聽：「**誰啊？**」

「**小郭出事了！**」那是我秘書的聲音。

我吃了一驚，問：「他出了什麼事？他如今在哪裏？」

「在醫院，他受了重傷，你快來！」

我連忙駕車趕到 ，兩個警方人員在等着我，一個是 **李警官**，我們很熟稔，我立即問：「小郭在哪裏？他出了什麼事？我可以見他麼？」

他尚未回答，一個

醫生已走出來說：「恐

怕不可以。」

我吃了一驚，

「他……」

醫 生 解 釋

道：「他還未脫離 **危險期**，他的傷非常奇怪，像被人放在打樁機上，用力壓過一樣，內臟和骨骼都受創，有內出血的現象……」

我不等醫生講完，便知道小郭其實是被身懷深厚 **中國**

武術的人所打傷的。

李警官向醫生說：「警方要向他問話，因為另外有一件**命案**，要聽聽他的意見。」

「另一件命案❓」我感到事件愈來愈不尋常。

醫生回應道：「我看至少在一個月內也不可能。他傷得非常重，能夠活下來已是一個奇蹟。即使脫離了**危險期**，一個月內也難以開口說話，而且他會否因為**腦部震盪**過劇而失憶，甚至成為白癡的可能性，不低於四成。」

我和李警官都嘆了一口氣，李警官邀請我到警車去，詢問道：「我知道郭則清是你公司的職員，他平時為人怎麼樣？」

「人很好。聰明、勤奮、盡責，有時還有點童心，不失為一個有前途的青年。」

李警官苦笑了一下，「**童心**❓當真一點不錯，你看，

這是我們發現他時，他抓在手中的東西。」

　　他遞給我一件東西，我一看之下，不由得呆了一呆：

「這是什麼意思？」

　　李警官聳了聳肩說：「除了他自己以外，誰知道這是什麼意思？」

第二章

紙猴子

那是一隻用 白卡紙 折成的 **猴子** ，十足小學生的玩意，約莫有十公分長、四公分寬。郭則清雖然有童心，卻不至於這個地步。

我問李警官：「你們是在哪裏發現他的？」

「在 郊外，一條非常冷僻的小徑旁。九時左右，附近村民打電話報案，説聽到有人喊救命，我們經過一番搜索才發現他，和另一具屍體。」

「另一具屍體？是誰？」

「是一個瞎子，六十多歲，身上證件顯示叫于廷文。」

「**他死了？**」我幾乎叫了出來，本來以為小郭是被于廷文打傷的，卻沒想到于廷文也死了，這表示事情並沒有那麼簡單。

李警官見到我不斷翻來覆去地看着那 ~~紙~~ 猴子，便問：「怎麼樣，這猴子有什麼 線索 嗎？」

我確實發現了線索，那紙猴子上，有着指甲劃過的痕迹。痕迹很淡，是一個英文字「**湯姆生**」和兩個阿拉伯字「**2**」和「**5**」，但我對李警官說謊：「沒有，沒發現什麼。」

我將那紙猴子還給他時，還以大拇指用力地捺了一下，把痕迹捺去。

我這樣做，是因為兇手顯然是個 **中國** 武術造詣極高的人，如果以警方慣常的手段去追查，將會十分

吃虧，探員甚至會落得如小郭或于廷文那樣的下場。所以我決定私下去查探這宗案，為小郭討回公道。

這當然是一件極困難的工作，但我實在**責無旁貸**，要不是我誤會于廷文是紅紅設計的惡作劇，他和小郭就可能不會遇害了。

到了第二天早上，我打電話到醫院，謝天謝地，小郭的傷勢沒有惡化，已渡過危險期。但困擾了我整晚的「**湯姆生25**」究竟是什麼意思，我仍然未能想通。

我先到醫院去探望小郭，他像**植物人**那樣躺着，全身裹着**紗布**，什麼線索都不能提供。然後我依據當天帶于廷文來見我那小女孩校服上的**校徽**，來到她的學校，找到了她。

我問：「昨天你帶來我辦公室的那個人，是你的什麼人？」

「什麼人？」她睜大了眼睛：「我根本不認識他！」

我很愕然，「那你怎麼會帶他來？」

「他是瞎子，在鬧市過馬路時，我去扶他，接着他又請求我帶他上來，反正我考完試，有的是時間，就答應他了。」

我沒有理由不相信她的話，只好離開這家學校，頹然地回家去。

一回到家裏，從我祖父時代起，就在我們家當管家的老蔡，拿了一封信給我，信封面的字是手寫的，顯然是一封私人信。我感到十分奇怪，這個年代還有什麼人會寫信給我，而不用電郵或者手機？

我拆開一看，立刻嚇了一大跳並驚呼：「哇！」

因為那是一封血淋淋的血書！

但我很快就發現，那是有人故意用顏料寫成的「血書」，

24

血淋淋的字寫着：「衛斯理，你不必知道我是誰，星期四下午四時，到機場來，熱烈歡迎我，否則你最可愛的表妹，將會成為我們的午餐。食人族上。」

我當然不會相信這是食人族寄給我的信，寫信人顯然就是我那個貪玩的表妹紅紅。對她來説，這已經算是最輕微的惡作劇了。

我看一看目前的**日期**和**時間** ⏰，連忙把血書遞給老蔡，吩咐道：「老蔡，趕快去機場，她今天下午四時到，要我去接她，你告訴她，我沒有空，你去吧。」

老蔡一看血書便知道發生什麼事，捧着頭慘叫：「老天 **！** 紅紅要來了！」

我同情地説：「沒有法子，我真的有事要辦，勞煩你走一趟了，謹記要熱烈歡迎她啊！」

老蔡**無可奈何**地點了點頭。

　　我匆匆地吃了午飯，又駕車回到辦公室，忽然想起小郭是個愛運動的人，平時戴着**運動**🕐**手表**記錄步行資訊，於是便登入他的**平板電腦**，獲取他的雲端資料，終於查看到他遇襲當天的步行路線。我決定跟着這路線，從頭到尾走一趟，或許會有什麼發現。

我離開 **辦公室** ，依照着小郭當天的路線走，愈走愈偏遠，最後來到他 **遇襲** 的地點，但沿途沒發現什麼線索。

此地我已來過一次了，這次我更詳細地檢查着，四周很荒涼，確是 **行兇** 的好地方。

我仔細觀察，發現一棵小樹上，有一枚 **棗核釘** 釘住了一件東西。那件東西在茂密的樹葉中，不是仔細尋找的話，實在很難發現。

那是一隻用 白卡紙 折成的 **猴子** ，長約十公分，和李警官給我看的那隻一模一樣。

我正想伸手取下來之際，突然感覺到背後有人 **偷襲** 我。我連忙轉過身來，橫掌當胸，準備反擊。可是當我轉過身來之後，卻呆住了，因為眼前竟什麼東西也沒有！

我絕不認為剛才那是錯覺，突然間，我又感到背後掠

起一絲微風，我尚未反應過來，背上已被什麼東西重擊了一下！

我立即回頭看去，眼前仍是沒有任何**敵人！**

剛才那一擊之沉重，若是打在平常人身上，只怕早已昏了過去，難怪小郭會身受重傷了。

我**小心翼翼**地環顧四周，周圍寧靜到了極點，我深吸一口氣，運氣鎮痛，冷冷地說：「怪不得人人說世上**臥虎藏龍**，閣下剛才這一下偷襲，確是**出類拔萃**！」

我故意用說話引對方現身，可是得不到絲毫回音。

天色愈來愈暗，在黑暗中，只見一條如**蛇**似的影子，由一株樹上掠出，瞬間向我襲來！

我連忙橫跨一步閃避，但那條**黑影**來勢實在快到了極點，在我腰際重重地砸了一下。我伸手去抓時，那條黑影又向樹上縮了回去。

我正想向樹上撲去，但背後又掠起了一股微風，我來不及轉身，背心位置又重重地着了一下。

那一下打得我眼前金星亂迸，跌倒地上。

毫無疑問，四周埋伏了本領高強的敵人，而且還不止一個！

他們隱伏在樹上，用來襲擊我的東西，極可能是長鞭，從我連中三鞭的力道來看，他們每一個人的武術造詣，都不在我之下。

我才一站起，後頸又重重地捱了一下，幾乎令我的頭骨折斷。

我再次倒在地上，深知這樣下去只會不斷捱打至死，於是我倒地之後，呻吟了幾聲，屏住氣息，一動不動，假裝昏倒。

沒多久，我聽到三下極其輕微的聲音，顯然是三個人從三個不同方向躍下來。我把眼睛打開一條縫偷看，竟發現那三個人全是小孩！

第三章

神秘莫測 的 女子

他們一落地之後，其中一人，手一伸，「刷」的一聲響，一條長鞭已揮出，捲住了我的雙腿，再一抖手，將我的身子，整個倒提起來，向外面揮了出去。

我沒有把握以一敵三，所以決定仍然一動不動，繼續裝暈，希望能偷聽到他們的秘密。

幸好我只是跌在草地上，沒有大礙。可是那三個人，又像鬼魂似的掠了過來，其中一個揮出長鞭，再將我扔向半空。

第二次落地，我的後腦碰在一個樹根上，腦中「嗡」的一聲，幾乎昏了過去。我拚命支持着，保持**頭腦清醒**。

第三次，我又被揮起，這一下，我被扔得更遠更高，跌下來的時候，一根樹枝，在我腰際重重地撞了一下，我幾乎忍不住叫出聲來。

　　他們每人出手一次後，相信我是真的昏倒，便各自發出了一聲**冷笑**。而我亦偷偷看清楚，他們並非小孩，而是三個矮得像小孩的男人。

　　其中一人開口說：「就在**十六**晚上麼？」

　　另一人回應道：「是，聽說人已快到齊了。」

　　又有一個人說：「想不到**白老大**還在人世，怎麼樣，我們決定好了嗎？」

　　「到時候再說吧，還得看當時的形勢呢……」

　　他們一面說，一面走了開去，使我聽不清楚接下去的對話。

但「**白老大還在人世**」這句話，已足以令我心頭**怦怦亂跳**。我深深地吸了一口氣，白老大怎會還在人世？他如果沒有死，那麼這些年來，他在什麼地方？白老大是個極其**神秘**的人物，除了知道他姓白之外，一直沒有人知道他的姓名，因為在後期的青幫中，他是老大，所以人人都叫他「**白老大**」。

剛才將我痛擊一頓的那三個人，跟白老大是什麼關係？于廷文是不是他們所殺？而他們説的「十六晚上」又是什麼意思？

問題實在太多了，我感到全身骨頭隱隱發痛，正想悄悄離開之際，忽然聽到一把女聲説：「三位伯伯，你們也太不小心了。」

其中一個矮子問：「**什麼？**」

那女子説：「這裏昨夜剛出過事情，如果今天又有人重傷在此，給警方發現，難免生疑，當然要將他移走。」

那三人道：「還是姑娘想得周到，可謂**虎父無犬女**了！」

那女子笑了一下，「三位伯伯別逗我了，我算得什麼。」

我偷偷地把眼皮再睜開一些，看到一個身材十分修長的女子，長髮及腰，嫵媚到極。

我無法看清她的臉，因為天色太陰暗，**星月 無光**。他們來到我的身邊，我立即又閉上眼睛，只感到身體被兩人抬了起來，走了一段路，我不時睜開眼睛來偷看，發現他們正抬着我，向公路走去。

不一會，已經來到了路邊，那裏早已有一輛汽車停着，那女子打開了**行李箱**的箱蓋，抬着我的兩個人，便將我

放了進去，又將箱蓋關上。

在他們關上箱蓋的時候，我迅速地摸到了一隻**鉗子**，放在箱蓋下，所以蓋子其實並未合上，而他們也沒有察覺。

接着，我便聽到四個人上車的聲音。車子開動了，沒多久，又停了下來。我聽到那女子說：「三位伯伯，十六晚上見！」

那三人回應：「**紙猴為記。**」

那三個人腳步聲遠去，車子繼續向前開動。我心中暗喜，將行李箱蓋托開了一些，只見那三人已漸漸縮小成一個小黑點，車上只剩下那個女子在駕車了。

我攀住了車身，從行李箱中爬出來，迅速爬到車側，突然將前座**車門**打開，等到那女子回過頭時，我已經坐在她的身邊了！」

　　她 **驚訝** 地望着我，差點忘了拐彎，車子直撞向路邊。我急忙提醒：「**小姐，小心駕駛！**」

　　她迅速回復冷靜，平穩地駕駛着，不忘打量着我，我也打量着她。

　　她約莫二十來歲，十分美麗，面上帶着冷冰冰的神情。

「**你是誰？**」她的聲音也是冷冰冰的。

我微笑道：「我不就是被你放在行李箱裏的那個人嗎？小姐，你準備將我怎麼樣？」

她淡然地說：「我準備找個合適的地點，將你放在路上，用車子從你身上輾過去。」

我保持鎮靜，「一宗**交通意外**？」

「**嗯。**」她冷冷地點頭。

這段剛好是山路，她突然急速扭動方向盤，想把我甩出車外，掉下**山崖**去。

但我反應也不慢，連忙伸手去穩住方向盤，她看到我手上所戴的 **紫晶戒指**，便將車子停在路邊說：「衛先生，請下車吧！」

居然能從我的紫晶戒指辨認出我的身分，她的來歷一定也不簡單，我投訴道：「小姐，你已知道了我是什麼

人，我卻不知道你的身分，這未免有點不公平吧 **！**」

她嬌笑着說：「**衛先生，你並沒有告訴我你是什麼人。**」

我自然明白她的意思，她是自己猜到我的身分的，所以論公平的話，我也只能去猜她的身分。

這時我才感覺到屁股正坐在她的 **手袋** 上，靈機一動說：「噢，對不起，我好像坐住了你的手袋。」

我伸手去把她的手袋取出來時，趁機用極快的手法在手袋裏探索一遍，摸到了 **唇膏** 、**護膚品** 、**錢包** 等等，同時也有七八隻 **紙猴子** ，我偷取了其中一隻，放進褲袋裏，然後將手袋遞給她，整個動作一氣呵成，沒有任何破綻。

女人就是時刻都愛美，她接過手袋後，竟取出 **唇膏** 來塗口紅。但我萬萬沒料到，這唇膏暗藏機關，突然向我的

雙眼噴出粉末！

　　我立刻緊閉雙眼，卻正中她的下懷，被她一腳踹出車外去。

　　我一跌出車外，連忙睜開眼來，只見她打着了**車頭燈**，直射在我的身上，同時聽到引擎的吼聲，這一切都説明，她仍然在實行原來的計劃，要將我輾死！

第四章

可怕的表妹

　　車子向我衝過來，我本能地翻滾避開，車子「嗚」的一聲在我身旁擦過。

　　她的駕駛技術十分高超，我腳步尚未站穩，她的車子瞬間已掉頭，又向我衝過來，我勉強地向旁邊滾去。

　　那條 ▲▲山路 極僻靜，這時候一個行人也沒有。車子又向我衝來，我實在無路可逃，只好奮力躍起，伸手抓住了一株山壁縫中橫生的小樹🌳，整個身子向上一翻，掛在小樹上。

那刻我不免感到可惜，因為車子來勢太急，只怕會撞在山石之上，**車毀人亡** ☠。

但我的擔心完全是多餘的，她的駕術技術遠遠超乎我的想像，車子在離山石半尺處急速轉了彎，而且她的手臂從車窗中伸了出來，握住一把裝了滅聲器的 **手槍**🔫，向我「**啪**」、「**啪**」、「**啪**」地開了三槍！

幸好三槍都沒打中我，只將我身旁的石屑激起四散。

我身上沒有帶槍，除了隱伏不動之外，*別無他法*。

只見車子停了下來，車門打開，她下了車，向我走了幾步，突然又是「啪」、「啪」兩聲，我感到左臂被一顆 **子彈** 擦過，疼痛不已，身子也晃了一晃。

那株小樹本來就不是十分結實，我一顫動，樹幹便「格」的一聲折斷。我連忙反手抓住了石角，才沒有跌下來。

但我面前已經完全沒有 **掩護物** 了，她的槍正對準着我，我是無法避過的。

她冷冷地説：「衛先生，我的 *射擊* ◉ 成績，是**九百三十五環**。」

我竭力保持冷靜，讚道：「不錯，這已是接近世界一流射擊手的成績了。」

她又踏前一步説：「在這樣的距離內，我可以射中蒼蠅！」

話音剛落，她突然揚起手槍「\啪/」的一下，子彈正在我耳際半寸處掠過，擊在岩石之上，打中了一隻甲蟲。

我嚥了一口唾沫，心中想着：一般的槍都是七發子彈，她已開了六槍，所以至多只剩一顆子彈而已！

如果我能令她再發一槍，而又打不中我的話，那麼形勢就**逆轉**了。

我望着她那張漂亮動人的臉，使得她有點尷尬，喝問：**「看什麼？」**

我笑道：「我想看清楚來生妻子的容貌。」

「你胡說什麼！」 她怒喝。

我解釋道：「我今生被你無辜殺害，結下這麼大的仇怨，來生上天必定會安排我們成為夫妻，讓你好好補償前生的過錯。」

「胡說八道！」她被我激怒了，「啪」的一聲，又一顆子彈在我右額旁邊掠過，我甚至聞到了頭髮被**灼焦**的氣味，可知那顆 **子彈** 是多麼貼近我的右額！

我立即大笑起來，說：「一二三四五六七，小姐，你手中的已是空槍了**！**」

話一講完，我便蹤身向她撲去，她的身形也極其靈巧，連忙閃開，轉身往她的車子跑去。

　　我追着她，她忽然將手中的槍 朝我直擲過來，我及時伸手接住，可就在那耽擱間，她已上了車，發動引擎，**絕塵**而去了。

　　我當然追不上汽車，正想將手中的槍向她擲回去之際，我突然呆住了。因為我發現那是一柄點四五口徑、可以放八發 子彈的手槍！

　　我按動了槍柄上的機鈕，「啪」的一聲，彈匣脫下，在**彈匣**中，果然還有着一顆子彈！

　　憑這顆子彈，她只消手指一勾便可以取我性命。剛才我還以為自己**反敗為勝**，殊不知是她放了我一馬。

　　我帶着鬱悶的心情坐**的士**回家，到了家門口，發現門前坐着一個 **光頭男人**，我定睛一看，大吃一驚，因為他正是**老蔡**！

　　「老蔡，半夜三更，你坐在門口幹什麼？還有你的頭髮……」

　　老蔡哭喪着臉說：「你自己進去看看吧，紅紅在等你！」

我立刻**如夢初醒**，記起老蔡今天下午到機場接紅紅，他的光頭自然是紅紅的「傑作」，我拍了拍他的肩頭説：「老蔡，別難過，我現在就去教訓紅紅，我要——」

可是當我一踏進屋內，便登時愣住了。只見客廳牆上所掛的四幅**名畫**已經不知去向，原本掛着畫的地方，牆壁上卻畫滿了**街頭塗鴉**般的英文字和圖案。

老蔡來到我的身旁，戰戰兢兢地説：「阿理，你看那邊！」

我循他所指看去，只見一對**康熙五彩大花瓶**，是我祖父的唯一遺物，已成了碎塊，並且以奇形怪狀的方式疊成了一堆，而我從這個堆疊物中，亦找到了那四幅名畫的碎片。

　　我忍無可忍地怒吼：「**紅紅！**」

　　樓上立即傳來了她的聲音：「理表哥，你回來了？」

　　噔噔噔一陣聲響，從樓梯上跑下一個<ruby>亭亭玉立</ruby>的少女，我本來還準備狠狠地打她一頓屁股作懲戒，可是紅紅已經完全長人了，再不是我記憶中那個小女孩。

　　她突然驚呼一聲：「表哥，你怎麼了？你手臂有血！」

「這是小事。」我嘆一口氣，「你先看看你在客廳做的好事！」

也許在外國留學太久，連中文都聽不懂了，她居然興奮地説：「表哥，你也覺得好嗎？這些都是我的 ⁺得意之作⁺，你知道嗎，一個藝術家 靈感來的時候，必須立刻盡情發揮——」

她説到這裏，我突然想起一個嚴重的問題，立刻跑上樓去，扭動我 睡房ᶻᶻ 和 書房 的門柄，都是鎖着的。

紅紅也跟着我上來，沮喪地説：「本來我想進去幫表哥設計房間的，可是老蔡死也不肯讓我進你的房間。」

我心中對老蔡感激得**難以形容**。

「表哥，我幫你包紮傷口。」紅紅蠢蠢欲動想進入我的房間。

我斷然拒絕，「不！我要洗澡換衣服，不方便，你還是回到自己的房間休息吧。」

紅紅**不情不願**地走了開去，我便迅速用鑰匙開了睡房的門，然後把門嚴密鎖上。我將手臂上的傷包紮好後，洗了一個澡，換上睡衣，然後將那隻紙**猴子**和那柄裝有滅聲器的**槍**取在手中，悄悄地開了門，向書房走去，怎料紅紅的聲音嚇了我一大跳：「表哥，你還沒睡**？**」

「我有事情，你別來打擾我！」我極速開了書房的門，鑽了進去，然後又將門緊緊鎖上。

我開了燈，將那柄槍放在抽屜中，然後仔細看看那隻紙猴子，發現也有着指甲劃出的痕迹，而且同樣是「**湯姆生25**」的字樣。

本來，我以為在小郭手中那隻紙猴子上的字，是他自己劃上去的，但如今看來，紙猴子不是他的，上面的字也不是他劃的。

「湯姆生25」究竟代表什麼❓這些紙猴子又是幹什麼用的?

我正在苦苦思索着的時候,窗口突然傳來「嗨」的一聲,我抬頭一看,竟是紅紅在窗外窺視着,還自行跨進書房來,嬌笑着說:「表哥,你忘了 陽台 可以通到你的書房嗎?」

「紅紅,你快——」

我正想趕她出去,她卻已經拿起了桌上那隻紙猴子,把玩着說:「表哥,原

來你喜歡折紙這玩意嗎？」

「快放——」我還未說出「下」字，便突然聽得「嗤」的一聲，緊接着便是「砰」的一聲巨響，那是枱燈燈泡破裂的聲音。同時，晶光一閃，有東西從窗外直射進來，我心知不妙，連忙一躍，向紅紅撲了過去。

第五章

湯姆生25 的真相

　　我抱住紅紅，滾了幾滾，立即又聽到「叭」的一聲，有什麼東西落到了桌上。我立即向窗外看去，只見**黑影**一閃便消失了。

　　我連忙站起來，開着另一盞燈，向紅紅望去，只見她絲毫也沒有害怕的意思，反倒十分興奮，說：「**表哥，你生活中時刻都這樣刺激麼？**」

　　我向桌子一望，發現一柄**匕首**深深插進了桌面，

中間釘着一張小小的白卡紙，上面寫着：「衛先生，聰明人少管閒事。」就是那麼簡單的一句話。

紅紅的回應更簡單：「表哥，要管！」

我望着她，想了一想，認真地説：「紅紅，明天你到我朋友郊外的**別墅**🏠去暫住。」

紅紅毫不考慮地拒絕：「我不去！我要和表哥一起**歷險**。」

我大聲道：「這可不是在鄉下摸魚搗鳥蛋，你隨時可能有生命危險的！你要是有了什麼差錯，我怎麼向姨媽和姨丈交代？一句話，明天你離開這裏。」

只見紅紅的眼圈紅了起來，一言不發就轉身走了，然後聽到客房門「**砰**」的一聲關上。

我坐下，嘗試把紊亂的事件理出一個頭緒來。

首先，我肯定事情與**白老大**有關，並牽涉到一筆財富。而且，不止白老大一人，**三山五嶽**的人物，只怕都在參與 這件事。

其二，「十六晚上」，那當然是日子。今天是陽曆十三

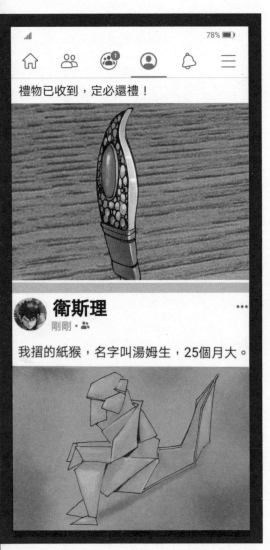

日，陰曆二十四日。「十六晚上」是指陰曆還是陽曆呢？像白老大這種傳統中國人，估計陰曆的機會比較大。

其三，我決定不顧一切恐嚇，繼續「**管閒事**」。所以我馬上在 **社交平台** **f** 登了兩張照片，一張是那匕首的刀柄 **特寫**，配上文字：「**禮物已收到，定必還禮！**」

而另一張照片則是我用紙張折成的猴子，配上文字：「我折的紙猴，名字叫

湯姆生，25個月大。哈哈⋯⋯」

這是我的**花招**，如果對方擔心我插手此事，定必會從社交平台注視我的動向。而我登這兩張照片，是想對方以為我已經知道了他們的秘密，藉此**引蛇出洞**，希望能獲得更多線索。

第二天早上，我睡到十一點才醒來，發現家裏異常平靜，便問老蔡：「紅紅呢？」

「她走了。行李什麼都帶走了，説是你吩咐她去你朋友郊外的別墅暫住的。」

「嗯，不錯，難得她這麼聽話。」我點着頭，但立刻感到不對勁，「**等等！**我都還未告訴她是哪個朋友，地址在哪裏，她怎麼去？她有問你嗎**？**」

老蔡呆呆地搖着頭。

紅紅很明顯是發脾氣走的，我嘆了一口氣，吩咐老蔡：

「快打電話找她！看看屋外的 **防盜**鏡頭 有沒有拍到的士車牌，追查她去了哪裏，將她接回來！」

老蔡點了點頭，「**知道。**」

我漱洗過後，匆匆吃了東西，又到醫院去看小郭，他雖然沒死，但情況毫無好轉，我心中感到無限的 **內疚**。

至於「湯姆生25」之謎，我花了一整天時間去搜尋資料和苦苦思索，也得不到結論，因為那名字實在是太普通了。

我忽然記起我在社交平台上所使的花招，於是用手機查看平台上的 **回覆**。由於關注我的人有很多，所以回應也不少，但當中有一個人的回應引起了我的注意，他是我一位當 **私家偵探** 的朋友，我不想公開他的真實姓名，這裏就稱他為 **黃彼得** 好了。

黃彼得的回應是很簡單的一句：「**你也去？**」

我大感驚訝，他似乎知道一些什麼，於是我立刻致電給

他，他在忙，説晚上來我家詳談。

傍晚時分，我回到家中，老蔡哭喪着臉向我報告：「我找到接載紅紅的那個的士司機了，他説載了紅紅到一家酒店門口，可是我向那家 **酒店** 查詢，卻沒有紅紅的入住紀錄。」

我嘆了一口氣：「她可能用了假名入住，你再多留意幾天吧。」

到了晚上九點左右，黃彼得終於來了，我邀請他到陽台喝咖啡，並且**單刀直入**地問：「**你是不是知道些什麼？**」

他很謹慎，讓我先説，「你先説説你的情況。」

我便從于廷文來找我起，一直到最近的所有事，都講給他聽。

黃彼得聽完後，大感有趣，笑了起來：「哈，我還以為

你知道那件事。」

「**什麼事？**」

「就是湯姆生25這件事。」

「彼得，你別**賣關子**了，那幾個字，究竟是什麼意思？」

黃彼得笑了笑，「說穿了，一點也不稀奇，就是湯姆生道，二十五號。」

我呆了一呆，「你怎麼確定這是個地址？」

黃彼得望着天空說：「你知道，我對**靈魂**學很有興趣——」

「你不是打算向我講**鬼故事**吧？我沒有興趣。」我苦笑道。

「你非得有興趣不可，因為鬧鬼的便是湯姆生道二十五號。」

我只好讓他説下去，他繼續説：「湯姆生道二十五號，是一所已有八十年歷史的**巨宅**。如今只住着兩個老人，他們的名字，想必你也知道，就是**田利東**和他的**太太**。」

田利東是大富翁，我當然知道他的名字，我問：「他們的獨生兒子幾年前汽車失事而死，難道是他的**鬼魂**鬧事？」

黃彼得苦笑道：「不，是他們的**外甥女**，叫**蘿絲**，是田太太妹妹的女兒，很早就成了孤女，一直由田家收養着，老夫婦十分疼愛她，當作自己親女兒一樣。可惜蘿絲在半年前突然死去。」

「突然死去？」

「嗯，表面上是心臟病猝死，但她一向沒有**心臟病**，連解剖也説不清楚死因。」

　　「這倒不奇，據我知道，有幾種不常見的毒藥，可以令一個人死亡之後，解剖也找不出原因來。」

　　黃彼得點了點頭，繼續說：「而從半個月前開始，每到午夜，田利東夫婦總聽到客廳那座鋼琴奏出蘿絲平時最喜歡彈的樂曲。有幾個晚上，田利東夫婦甚至看到鋼琴旁有人影，一見他們出來就飄走了！」

「兩老會不會**思憶成狂**，產生了幻覺？」我質疑道。

但黃彼得搖頭說：「一個星期前，田利東邀我在他的住宅過一晚，我就睡在蘿絲生前所睡的房間，一到子夜，我就聽到鋼琴聲和女子的嘆息聲，我悄悄地走出房門，見到黑影一閃而去，那晚我是很**清醒**的！」

我呆住了，黃彼得又說：「這件事在一些富家太太間傳了開去，直到昨天，有一個人來毛遂自薦，自稱精於**通靈之術**，能使死去的蘿絲跟田太太對話，並且可以任人旁觀，時間就在今晚。」

「在湯姆生道二十五號**？**」我問。

黃彼得點點頭，「正是。」

這時候，我的睡房裏忽然傳來「**啪**」的一聲，好像有什麼東西跌落地，陽台是既通睡房，又通書房的，我和黃

彼得正坐在靠書房的那一端。

我迅即竄到睡房去，開了燈，只見衣櫃的門開着，一隻衣架跌在地上，而衣櫃裏的衣服也有些凌亂。

黃彼得也跟來了，一看便説：「剛才有人躲在 衣櫃 裏！」

他又檢查了一下櫃裏的衣服，分析道：「對方是一個女子。」

「你怎麼知道？」

黃彼得在一件西裝衣上拈起了一條長長的頭髮説：「這就是證明。而且她身高約在170公分左右。」

我立即想起那個幾乎將我輾死的女子，而昨晚飛刀 示警的，很可能也是她。

我當下作了決定，向黃彼得説：「今晚我和你一齊到湯姆生道二十五號去！」

第六章

通靈會

我們十點鐘出門，**十時三十分**便到達了湯姆生道二十五號。那是一所極宏偉的**巨宅**，連僕人在內，只住了六個人。由於建築物歷史悠久，加重了陰森的氣氛。

一個僕人將我們引到客廳中，那客廳大得出奇，放着七八組沙發，在一個角落裏，擺放了一座**鋼琴**。

我發現有一個人坐在陰暗的角落，架了一副黑眼鏡，還戴着一頂插有羽毛的**帽子**。他身材很纖細，若不是上唇留着一撇小鬍子，我真以為他是一個中性打扮的女子。

到了十一點鐘，來到的人愈來愈多，有不少社會名流、

專業人士、知名作家，甚至高級警官等等。

　　但我的注意力一直放在那坐在陰暗角落裏、留着小鬍子的男人身上。他似乎也察覺到我在注視他，一直捧着雜誌**遮遮掩掩**，更引起我的疑心。

　　到了十一時三十分，主人田利東夫婦陪着一個穿着**西裝**的中年人，來到了客廳。

那中年人約五十歲，面容瘦削，一雙眼幽幽地閃着**詭異**的光彩。

田利東咳嗽了一聲說：「各位，我向大家介紹**杜仲先生**，他是**召靈專家**，雖然召靈這回事我也不十分相信，但杜先生聲言可以做到，我也希望在座各位朋友幫忙見證。」

我看了看手表，時間將近**十一點五十分**了。只見田利東 坐下之後，那姓杜的，從皮包中取出兩根指頭粗細的**香**來，點着後，慢慢地來到鋼琴旁邊，將香插在一個小花瓶中，緩緩地舉起手來說：「**關燈！**」

水晶吊燈熄了，客廳一片黑暗，杜仲站在那幾點幽紅的香火旁邊，雙眼似開非開，似閉非閉，嘴唇掀動，發着聽不出聲音的話。

突然間，「**噹**」的一聲衝破了寂靜，接着又是一連十一響。那是一座**古董鐘**在報時，已是午夜了。鐘聲引起了一陣耳語，黃彼得也對我低聲說：「當心，時間到了！」

　　黃彼得的話才一講完，杜仲突然以夢遊般的聲音叫道：
「聽！」

　　客廳立即靜了下來，一陣清脆悅耳的鋼琴聲隨之響起。

　　琴聲是從那座鋼琴傳出的，但這時鋼琴前卻並沒有人，而琴鍵蓋也不知道是什麼時候打開的，只見那些 **琴** **鍵** 正在跳動着，好像有一個 隱形人 在彈奏一樣！

　　叮咚的琴聲本來十分悠揚動聽，可是此際卻籠上了一種鬼氣，令人呼吸急促，遍體生寒。

　　大約過了十來分鐘，琴鍵停止跳動了，琴聲也靜下來。

　　杜仲向着空無一人的琴椅說：「蘿絲小姐，你可願和你的 **姨媽** 說上幾句嗎？」

　　田利東太太 **歇斯底里** 地叫道：「蘿絲，有什麼話，快對我說啊！」

杜仲後退了一步說：「田太太，她有話要和你說，希望你走近來。」

田太太顫巍巍地來到鋼琴旁邊，雙手微微發抖，向前摸索着。

杜仲立即阻止她：「田太太，靈魂是摸不到的。」

就着幽紅的香火，我可以看出田太太已經滿面淚痕，杜仲伸出一隻手來，說：「田太太，蘿絲的話，一定要通過我的掌心，才能使你聽得到，你將耳朵貼在我的手掌上來。」

田太太點着頭，把耳朵貼在杜仲的**掌心**，一動不動地**傾聽**着。

她側着頭，面部恰好對着我，我可以看到她的神情變化，**忽憂忽喜**，最後變得十分嚴肅，點着頭說：「蘿絲，既然你這麼說，我自然照你的話去做⋯⋯好⋯⋯好，我答應你，不會對其他人說。」

她講完了那幾句話後，又失聲叫道：「**蘿絲！蘿絲！**」

杜仲將手慢慢地放了下來，「她的靈魂已經遠去了。」

田太太哭叫：「利東！」

田利東立即吩咐：「開燈！」

大吊燈又亮了起來，田太太倒在丈夫的懷裏**啜泣**。

我自始至終，只是盯着那個，黃彼得低聲問：「**你信嗎？**」

我立即說：「我一點也不信，這其中一定有重大的**陰謀**！」

我的話說得大聲了些，每個人都向我望過來，杜仲毫無神情地瞪着我。田太太則激動地說：「不對，杜先生的確將靈魂召來了，我親耳聽到蘿絲對我說話！」

在這個情勢下，我不宜爭論，只好禮貌地欠身道別，低

聲説：「彼得，我們走吧！」

這時候，我發現那個一直戴着太陽眼鏡的人也站了起來，向外走去。但因為黃彼得和其他人寒暄幾句，使那人比我們先出門。

等到我們出去的時候，那人已經登上一輛 的士 走了，我只能記住那的士的車牌。

黃彼得開車送我回家，途中問我：「我也同意這其中一定有 陰謀 ，但是剛才出現的異象，又怎麼解釋❓」

我反問：「為什麼一定要關燈？為什麼就只會彈鋼琴？為什麼蘿絲說話一定要通過杜仲的掌心才聽到？你不覺得這一切都像魔術的障眼法伎倆嗎？那鋼琴一定有**古怪！**」

他看到我的神情，禁不住問：「你不是打算偷偷潛入去調查吧？」

我**笑**而**不語**。

這時候，車子快到達我家了，我看到一輛**的士**從我家門口開走，顯然是剛落客。而令我大感驚訝的是，一看那車牌，正是那個戴着太陽眼鏡的**神秘人**所坐的那輛！

我沒有告訴黃彼得，免得把他也拉入危險境地。我在家門前下車，跟他道別後，特意繞到後門進屋，以察安全。

我悄悄地開門進屋，經過老蔡的房間時，隱約聽到老蔡好像在跟別人低聲說話：「我……實在……不能……」

我敲門問：「**老蔡，你在幹什麼？**」

老蔡房裏隨即響起「**砰**」的一聲，我連忙抓住了門把，可是門卻上鎖了，我連忙問：「老蔡，你沒事吧？」

老蔡的聲音顯得很不自然，「我已睡了。」

「那你剛才和誰在說話？」

「沒⋯⋯沒有啊，可能是夢話吧。」

他分明有事情瞞着我！我刻意把屋內的燈全熄掉，只開了浴室的燈，並且扭大**花灑**，水聲使老蔡以為我在洗澡，而我其實暗藏在角落裏，監視着他的房門。

果然不出我所料，老蔡的房門慢慢地打開，一個人**鬼鬼祟祟**地走了出來，從身影和帽子形狀判斷，此人正是在田家大宅惹我注意的那個神秘男子！

他快來到我面前了，我正準備一拳擊出之際，他快一步察覺到我這團黑影，驚叫起來：**「哇！」**

由於他受驚，遲滯了半步，我的拳落空，但拳風卻把他

衛斯理系列 少年版　地底奇人 ㊤

的帽子捲去。

　　當我要揮出第二拳的時候，聞得驚叫聲的老蔡及時開燈，大喊：「**住手啊！**」

　　燈一亮，我不禁睜大了眼睛，站在我面前的，確是那個唇上有鬍子的人，但他的 **黑眼鏡** 已跌到鼻尖上，帽子滾在一邊，一頭長髮散落下來，雖然還穿着西裝，但分明是一個**女子**，而且正是我的表妹**紅紅**！

第七章

夜探巨宅

「紅紅！」我責備一聲，正想大發脾氣之際，紅紅卻「哇」的一聲大哭起來。

我望向老蔡，老蔡苦着臉說：「其實紅紅只是躲到**地窖**裏住，一直沒離開過這屋子。她不讓我告訴你，如果我一講出來，她說她就跳海去。」

我嘆了一口氣，看到紅紅所穿的是我的西裝，立即恍然大悟，「紅紅，在我和黃彼得講話的時候，躲在衣櫥中的是你？」

紅紅倔強地說：「是又怎麼樣？」

「所以你什麼都聽到了，然後假扮鬍鬚漢去出席**通靈會**？」

紅紅點了點頭，「我還知道，表哥準備潛入田宅去查探真相。」

我瞪大了眼睛，不敢相信表妹居然這麼了解我的性格。

「**給我猜中了吧？**」紅紅得意地笑道：「我也要去！」

我幾乎跳了起來說：「**不行。**」

「**不行就罷。**」她居然爽快地轉身走。

我當然知道她這四個字的意思，就是她會自己去，那比和我一起去更糟糕，我連忙拉住她勸說：「紅紅，既然你什麼都知道了，難道不明白事情的**凶險**嗎？」

「就是知道凶險，所以我想去協助表哥！」

我實在**哭笑不得**，「你要是不**礙手礙腳**，我已經謝天謝地了，還協助我？」

「表哥你是小看我嗎？」紅紅皺着眉，一臉不滿：「告

訴你，那紙猴子是一種『 *通行證* 』，是特定身分的證明。」

她突然說出這句話，我不禁呆住，能單憑我和黃彼得的對話作出這個推測，證明紅紅的腦筋還不錯。

「那你還有什麼**高見？**」我試探地問。

紅紅神氣起來，以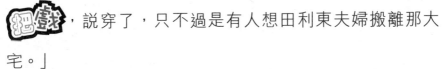的口吻說：「第一，瞎子于廷文被殺，這說明他對你所講的話是真的，他知道一大筆無主財富的秘密。」

我點着頭，「算是有理。」

紅紅繼續分析：「第二，湯姆生道二十五號今晚的，說穿了，只不過是有人想田利東夫婦搬離那大宅。」

我真的有點吃驚了，紅紅的推測居然和我一樣，我立即追問：「那目的是什麼？」

紅紅更是 ✦神采飛揚✦，「目的當然是有人要利用那大宅，因為那筆財富就在大宅中！」

我開始對紅紅刮目相看了。她接着道：「大概那筆財富，有幾個人要分，他們議定了一起行動，所以相互之間以紙猴子為記。」

雖然我沒有任何表示，但心裏卻暗暗讚許👍着表妹。

她又說：「至於那個剩下一顆子彈、而不將你擊斃的少女，我看，她是愛上了你。」

「**胡說！**」我第一次對她的分析提出抗議。

紅紅嘆了一口氣，「表哥，你自己💙知肚明，我的分析不會錯。你說，我有資格和你一起去嗎？」

如果我拒絕，她就不會自己偷偷去嗎？我也只能嘆一口氣說：「好吧，你要跟着我啊！」

「沒問題！」她興奮得整個人跳了起來，而我卻和老蔡相視苦笑。

　　半小時後，我們來到湯姆生道二十五號的附近時，看見一條人影躍過了圍牆，閃進了田家，動作快疾無比。

　　我低聲對紅紅說：「你看到了沒有，這些人全是**武術高手**，連我也未必是他們的敵手，你還是快回家吧！」

　　紅紅一笑，「我知道，這些人都**身懷絕技**，但他們能敵得過這東西嗎？」她一面說，一面從懷裏掏出一件東西，我定睛一看，竟是我那柄象牙**手槍**！

那一定又是她脅迫老蔡弄到手的，我嘆了一口氣，她還為自己辯護：「我和幾個最要好的同學，約定在暑假裏要做一件驚險的事，回到美國再互相比較，看大家公認誰的經歷最驚險。他們有幾個已經到新幾內亞 吃人部落 去了，我這樣做算得了什麼？」

事到如今，我也只能苦笑着 叮囑 她：「那你一切行動，都得聽我的指揮！」

紅紅猛地點頭。

我們來到田家大宅門前，只見鐵門緊閉，靜到了極點。

我雙足一頓，躍進了門內，而紅紅則攀着鐵枝爬了進來，動作比我想像中靈活敏捷。

我們以最輕的腳步，向大廳的 落地窗 走去，要開這種落地窗門鎖簡直 易如反掌 ，我只花幾秒鐘就把它開了，然後我與紅紅靜悄悄地潛入了漆黑的大廳中。

我從懷中摸出小電筒來，

正準備亮着電筒的時候，紅紅卻微

微發抖地低聲説：「表哥，我⋯⋯我

好像覺得有人緊靠着我，站在我的另

一邊！」

「是錯覺吧。」我低聲安慰她，但也

不敢掉以輕心，先用手向外摸索着，

不一會，摸到了一張沙發的靠背，便低聲

説：「我們先蹲在這張沙發背後再説。」

我們兩人在沙發背後蹲下，我探出半個頭

來，亮起小電筒，向外照射。

小電筒的光線並不十分明亮，但已足夠使我看

清大廳的每一個角落。

我緩緩移動着電筒，微弱的光柱在一張又一張沙發上照過去，一個人也沒有。當我以為大廳之中並無別人的時候，突然感到紅紅的身子猛地一震，同時五指大力抓住我的手臂。

我正想問她發生什麼事時，小電筒一揚，光柱射到了一張單人沙發上，霎時之間，我只感到全身一陣發熱，呼吸急促起來。

因為那張小沙發上，竟坐着一個「人」！

那是一個女子，穿着一身*雪白*的紗衣服，面色蒼白，使人感到一陣寒意。而更令人心悸的，是她的一對眼珠竟完全停住不動，像死了一樣！

　　既然我已用電筒照到了她，也避無可避了，便索性站了起來。她微微地抬起頭，面上一點神情也沒有，眼珠依然一動不動，發出極低的聲音：「請坐啊。」

我身子緊靠着沙發，紅紅也站起來，躲在我的背後，戰戰兢兢地問：「你……是人是鬼？」

「你說呢？」那少女的聲音令人毛髮直豎。

紅紅的呼吸十分急促，我拍拍她的手安撫她，然後對那白衣女子沉聲說：「小姐，你當然是人，又何必扮鬼嚇人？」

話音剛落，我便以極快的手法，將小電筒擲射向她肩頭上的「肩井穴」，如果擊中的話，她雙臂會劇痛難當，即使是一等一的硬漢，也不免呻吟出聲。

我出手勁道十足，可是那小電筒擊中她的穴道之際，卻好像撞在一團軟綿綿的棉花上面一樣，電筒徐徐地滑落在沙發上，而她依然坐在沙發上一動不動，不吭一聲。

紅紅身體顫抖得更厲害，「她真的是鬼，是蘿絲！」

「你認識我？」那女子冰冷地問。

我感到背脊上的涼意在逐漸增加！

第八章

眼前這個 白衣女子，只有兩個可能。一個是，她真的是鬼魂。另一個可能是，她武藝極高強，因此能夠在身體完全不動之下，將小電筒的力道化去。

我比較相信是後者，因為自從瞎子于廷文揭開了一連串 **神秘事件** 以來，我已經遇到了不少 **武術高強** 的人，再遇上一個也不足為奇。

我冷笑一下説：「小姐，雖然你裝得很像，但是你失策了，你是嚇不走我們的！」

「是嗎？」那女子忽然站起來，彈了一下 **響指**。

一陣輕輕的 **腳步聲** 隨即從四面傳了過來，四個

蒙面 **黑衣人**包圍着我們。紅紅激動地拔出那象牙槍，

可是她一揚起手來，便聽到「刷」的一聲，一條又細又長的

軟鞭直揮了過來，將槍擊掉。

　　紅紅不由得大吃一驚，低呼道：「**表哥！**」

　　我極力保持冷靜，笑説：「閣下果然不是鬼魂。」

　　本來那白衣女子坐在沙發上的時候，我還無法認出她是

誰，可是當她一站起來，那頎長的身形，長髮披肩，分明就

是幾乎把我輾死的那個女子！

　　她撕去臉上那層極薄的 **面具**

，一張清麗絕俗的臉龐頓

時出現在我眼前，藉着已落

在沙發上那小電筒的微

弱光線，我仍能看到果

然是她！

她 開門見山 地說：「我們已經不止一次警告過你，我也饒過你的命一次，你還是要來多管閒事？」

「我並不是沒有理由的。」我據理力爭道：「我的好朋友郭則清被你們的人打至重傷，很可能會變成白癡！」

那少女聳肩道：「如果你想追究的話，只怕你和你的表妹都會落得同樣下場。在你身旁的四個人，他們的名字，你大概也曾聞說過，崇明島神鞭三矮子。」

我向旁一看，那三個矮子，就是在郭則清遇襲處曾攻擊過我的三人。

崇明島神鞭三矮，出鞭如電，是出了名的 幫會頭子，我欠身說：「幸會，幸會。」

那少女指向餘下那人，介紹道：「而這位乃是 地龍會 的 大阿哥。」

我不由得失聲說：「就是在上海一人獨戰薄刀黨那位嗎？」

那是一個方面大耳，神態十分**威嚴**的人，大約五十上下年紀，他向我拱了拱手。

那少女放輕了語氣說：「衛先生，家父敬你是一條漢子，也不想太為難你，希望你能識趣撒手。」

「**令尊是誰？**」我連忙問。

她淡然一笑，「家父姓白，人人稱他為**白老大**。」

我的心差點跳了出來，連忙說：「失敬，失敬。」

白老大乃是青幫最後一任的總頭目，多年來**生死未卜**，我也是直到幾天前，才在神鞭三矮子口中得知白老大尚在人世。

白老大可以說是奇人中的奇人，有關他的傳說之多，是任何**幫會組織**的頭子所沒有的。我所說的幫會，不同於

現今欺負弱小、姦淫擄掠的**黑幫**，而是有着悠長歷史，曾經抗日、支援海外華工等，*鋤強扶弱*的組織。

白老大之奇，在於他除了是**幫會第一人物**之外，同時又是好幾個國家的留學生，據知他不但有電子工程學博士、物理博士、化學博士、海洋博士等銜頭，而且還曾經出過幾本詩集，在美國學過交響樂，曾擔任一個大交響樂團的第一小提琴手。

如今從他女兒口中聽到他稱我是一條漢子，我內心高興不已，深感**榮幸**。

白小姐說：「今天晚上，我可以作主，由得你們離開，但如果你再落入我們手中，我們就不客氣了。」

我連忙問：「白小姐，有一事我不明白，像打死于廷文，打傷郭則清，都不像白老大所為。」

她略頓了一頓，說：「不錯，這些事，都是我哥哥主持

99

的。你不必多管了，剛才我所說的，你可能做到？」

我向四周看了一看，苦笑道：「我還可以不答應？」

白小姐向我 **嫣然一笑**，她是十分美麗的少女，這一笑，更顯得她 **動人之極**。

「白小姐，敢問芳名？」

「**白素**。」

我們互相看着對方，我感到自己的身體不願離去，但紅紅在一旁拉着我的衣袖說：「今晚已經完了。」

我向白素點了點頭，「白小姐，再見了。」

白素卻 **惆悵** 地說：「衛先生，我們最好不要再見。」

我自然明白她的意思，她轉過身去，神鞭三矮便將手槍還給了紅紅，與地龍會的大阿哥一起 **悄無聲息** 地退了開去。

我和紅紅從原路離開，翻過圍牆到了屋外。紅紅立即

問：「表哥，你真的不再**理會**他們的事嗎？」

我點頭道：「不錯，你不知道白老大是什麼人，我實在不想和他作對。」

「原來你怕事。」

我苦笑了一下：「你不必用**激將法**，白老大也不是什麼壞人，他講義氣，行俠事，我相信他如今所進行的事，必對社會無害。」

「**我看未必。**」紅紅冷冷地說：「一個人死了，一個人重傷，這難道和社會無害麼？還有無緣無故死去的蘿絲，甚至那位撞車而死的田家公子，只怕都有關係！」

這時候，忽然有人接口說：「小姐，你的**推理**能力令我十分佩服！」

那聲音突如其來，我和紅紅都嚇了一跳。

一個穿着**白西服**，大約二十五六歲年紀，相貌十分

英俊的男人，一面説話，一面拋動着一頂白色的帽子走過來。

「你是什麼人？」紅紅問。

那人説：「我是來送你們的人。」

「我們懂得自己回家，謝謝了。」我連忙拉着紅紅走，但那人卻擋住了路。

「我不是送你們回家，而是比家裏更能安息的地方。」他笑得非常陰森。

我冷冷地説：「説話不必繞彎子了，你想打死我，是不是？來吧！」

我讓紅紅退到一旁去，只見那人聳了聳肩説：「衛斯理，你若是死了，卻不知死在誰的手中，又怎能瞑目？」

此人顯然是個自大狂，以為自己是個很了不起的人物。我刻意冷笑道：「你知道我是誰，不就足夠了

嗎？反正死的不會是我。」

　　那人濃眉一揚，滿臉怒意，「你當真 **不知死活**！」

　　話音剛落，他已經向我撲過來了，我立即向旁閃避。但他出手快疾，就在我閃身避開之際，「**嗤**」的一聲，我的衣袖已被抓破，手臂上現出了三道**血痕**。

　　我不甘示弱，左臂一伸，突然向他攔腰抱去，但這僅是分散他注意力的**虛招**，趁他呆了一呆之際，反手一掌向他擊出。

他的反應也十分**矯捷**，立刻揚掌相迎，只是他沒想到這也是虛招，我一扭腰，左腳便踢向他的腰際，力道之大，把他踢得一個**踉蹌**跌了開去！

可是，我太輕視他的實力了，他雙足一頓，身子立即**彈**了起來，一晃間，已向我一連擊出了**三四掌**。我連忙退開**四五步**，蹲了下來，左手支地，雙腿向他下盤疾掃

而出。他雙足一蹬，向上躍起了兩尺，這正中我的下懷，我立即挺腰用頭頂重重地撞向他的小腹！

他 **面色鐵青**，憤怒到了極點，但他知道情緒是勝負的關鍵，因此面上的怒容很快又斂去，換上了一副極陰森的面色說：「衛斯理，果然 **名不虛傳***！*」

我抱拳道：「不敢！」

「拳腳上已見過功夫了，不知你兵刃上如何？」他陰沉地笑着，似乎**胸有成竹**。

此時紅紅卻站了出來，拔出那柄象牙手槍，指住那人説：「面皮真厚啊！明明輸了，還死纏難打。你要比兵刃的話，就來跟我這個武器比一比！」

對方竟微笑着説：「**好！**」

那「好」字剛出口，只見他手一揮，那頂白帽便「嗤嗤」有聲地向紅紅直飛了過去！

第九章

兩雄決戰

「**快避開！**」我向紅紅撲去時，眼前銀光一閃，「霍」的一聲，我也看不清是什麼兵刃向我襲來。同時，我也聽到紅紅的一聲驚呼。

我十分擔心紅紅的安危，萬一那白帽邊緣鑲了鋼片，或者帽子恰好擊中她 **要 穴** 的話，她都難免會受重創。

當時我心中一慌，稍不留神，左肩馬上被那兵刃所傷，感到一陣熱辣辣的疼痛。

我急忙後退，望向紅紅，只見她那柄 **手槍** 已落在地上，但身體未見受了什麼傷。看來帽子只擊中了她手中的槍，把槍打落，而未有傷及她，我頓時鬆了一口氣。

這時候，我也看清那男子傷我所用的兵刃，乃是一柄**西洋劍**。我立刻將一直纏在腰際、備而不用的那條**軟鞭**，抽了出來迎戰。

他那柄劍，分明是西洋劍中的上品，劍身柔軟，揮動時可以彎曲得如同一個圓圈，極之靈便。

他見我拔出了軟鞭，立即又向我刺了三劍，劍劍凌厲，但皆被我揮鞭擋去。

我們兩人各自**小心翼翼**，片刻間已交手了十來招，仍然是**難分難解**。

我正想着如何**出奇制勝**之際，突然聽到一陣腳步聲，三個人疾奔而來，單看身形，我便暗呼不妙，因為他們正是神鞭三矮！

那白衣男一見神鞭三矮趕到，出手更是狠辣，劍光霍霍，每一劍都攻我要害。而神鞭三矮亦「呼呼呼」三聲，揮

出了三條 *長鞭*，向我頭頂直壓下來，分明跟那白衣男是一伙的！

面對一把西洋劍，加上三條長鞭，我根本無處可避，眼看要任由他們宰割之際，那白衣男突然喝道：「**你們不要動手，由我來收拾他！**」

神鞭三矮答應了一聲：「是！」

本來離我頭頂已不過兩尺的三條軟鞭，及時又收了回去。

長鞭收去後，他們三人身形一晃，已將紅紅圍住。

我心中大急之際，那白衣男的 **劍尖**，已遞到了我的咽喉，我連忙後仰，一鞭橫揮而出，總算勉力擋開了這一劍，但衣服已被削去一片，使我不禁冒出一身冷汗。

神鞭三矮 圍住紅紅後，並沒有什麼動作，我心中略為放心了些。但眼前的形勢已經十分明顯，即使我能勝

過這白衣男，神鞭三矮也不會放過我，我可說是 **敗局** 已定了。而白衣男的身分，極可能就是白老大的兒子，也是重創小郭的 **兇手**！

我軟鞭霍霍抖動，盡展生平所學，與他又鬥了十七八招，逼得他厲聲道：「**去了他手中軟鞭！**」

話音剛落，「**刷刷**」兩聲，兩條長鞭向我的軟鞭揮來，**快疾如電**。我還來不及反應，只覺手上一緊，我的軟鞭與他們兩條長鞭已纏在一起，一股大力將我的軟鞭扯了開去。

我的右臂當然也跟着向外一揚，也就在此時，那白衣男手中的西洋劍向前一伸，抵住了我的胸口，劍尖刺透了衣服，觸到了皮膚，向心臟敲門！

在這樣的情形下，我索性右手一鬆，棄了軟鞭，雙手垂了下來。

白衣男一聲冷笑，**「姓衛的，怎麼樣？」**

我尚未開口，紅紅已大叫道：「表哥，這算什麼？你常說你們動手，總是一個打一個，為什麼他們這許多人打你一個？」

我冷笑一聲說：「紅紅，我說的是品格高尚的英雄好漢，並非小人。」

單是這一句，已足夠令佔盡優勢的白衣男**難堪**了。

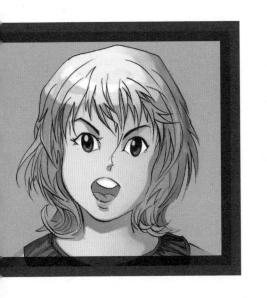

紅紅毫無懼色，向白衣男大罵：**「你好不要臉！」**

此刻的紅紅真是十分美麗，展露出一股**無所畏懼**的英氣。白衣男也不禁向紅紅看上幾眼。

我便趁機説：「紅紅，你先離開這裏吧。我相信白老大的兒子無論多卑鄙，也不至於會傷害**無辜婦孺**，他會讓你走的。」

白衣男聽到我這樣説，面色一沉，然後又冷笑道：「你倒聰明得很，那就更不能留你活口了，**你認命吧！**」

他手腕一伸，眼看那一劍立即可以刺進我心臟之際，突然聽得一聲嬌呼道：**「哥哥，住手！」**

白衣男登時面色一變，縮手後退。而白素的身影也一閃而至，緊張地問：「衛先生，你沒有事吧？」

我冷冷地說：「沒有什麼，只不過領教了令兄的手段而已。」

白素立即轉過身去，「哥哥，爹已經說過不要**為難**他，你這是什麼意思？」

她一說，神鞭三矮也鬆懈下來，紅紅立即奔回到我的身邊。

白衣男回應道：「**這人留着，總是後患。**」

白素說：「我不管，爹說不要害他，他也答應不再管我

們的事，你就不應該出手！」

　　對我來說，此刻最聰明的做法，就是保持 **沉默**，但那樣就不是衛斯理的作風了，所以我坦承地說：「**白小姐，你錯了！**」

　　白素愕然地轉過身來，「衛先生，你這話是什麼意思？」

　　「剛才，我的確打算不 **多管閒事**，因為我相信令尊白老大的為人，絕不會做出什麼壞事來。但是，我領教過令兄的手段之後，卻不得不改變主意了，請你見諒！」

「妹妹，你聽到了嗎？」白素的哥哥殺氣騰騰。

白素着急地對我說：「衛先生，我相信你不至於那麼

蠢！」

「有時候，人太聰明反而更壞！」我說話的時候刻意望着白素的哥哥。

白素嘆了一口氣，卻堅決道：「哥哥，不管如何，事情得由爹決定。」

她的哥哥也**無可奈何**，狠狠地向我瞪了一眼，「姓衛的，我們走着瞧。」

我立即回敬道：「姓白的，以後你最好不要打出令尊的幌子來，丟盡白家的臉。」

119

他西洋劍一挺，又想向我刺來，但被白素晃身攔住。

他「**哼**」的一聲說：「你可得小心些！」

我又豈甘示弱？也立即回哼一聲說：「你也不能**高枕無憂**！」

「走！」他向神鞭三矮一揚手，四個人便沒入了黑暗之中。

白素嘆氣道：「**衛先生，我希望你能重新考慮你的決定！**」

我將軟鞭和那象牙手槍拾了起來，嚴肅地說：「恐怕你要失望了。」

只見白素的神情比我嚴肅百倍，對我提醒道：「如果你知道你的敵人是誰，你一定會後悔自己如此魯莽。」

「我敬重白老大，但我也有自己的原則。」

「那麼，你是準備與**七幫十八會**的人作對了？」

白素講出這樣的一句話來，使我的心頭失控亂跳！

第十章

✦七幫十八會✦
的 隱秘

　　沿着長江，江南四省，江北三省，有勢力的幫會組織，合稱 ✦七幫十八會✦ 。

　　這七幫十八會的人物，並非一般人所想像的那樣，不時爭鬥流血，而是和平相處，一起 鋤強扶弱 ，這本來是中國幫會組織的第一要旨。

　　如今白素竟説我在和七幫十八會作對，這 罪名 我絕對擔當不起，當下只能呆呆地站着，出不了聲。

「衛先生，我看你就打消原來的主意吧。」白素說。

我還沒有回答，紅紅已經「哼」的一聲說：「什麼七幫十八會？便是七十幫，一百八十會，那又怎樣？想欺侮人就不行！」

紅紅的話提醒了我，我立刻堅定地說：「我當然不會和七幫十八會作對，但是如果七幫十八會受人操縱，做出傷天害理的事，我就不能袖手旁觀了！」

白素望着我，在她美麗的眼睛中，閃耀着擔心的神色。她朱唇微動，欲言又止，只長嘆了一聲便轉身離去。

我望着她的背影，感到一陣莫名的惆悵。

我和紅紅回到家時，天已經亮了。我連澡也不洗，倒頭就睡，可是翻來覆去，總是睡不着，腦袋裏忍不住將這一大堆事情歸納起來，得出以下結論：

第一、事情的本身是什麼，雖然還不知道，但我幾乎可

以肯定，那是七幫十八會的人物，在白老大主持下的一次大集會。

第二、**白老大**可能已經不甚問事，實際上在指揮行事的，是他那個**狂妄任性**，*陰險*☠*奸毒*的兒子。

第三、集會的日期是「十六」，地點是湯姆生道二十五號，我猜想那「十六」是陰曆十六，極可能是**八月**●**中秋**的後一天，而集會以紙猴為記。

第四、既然此事由白老大主持，那麼田家所發生的怪事就不難解釋了，估計白老大這些年來一直藏在田宅的地底下，而蘿絲與那個田家公子，大概都是偶然發現了這個秘密而**枉死**☠。以白老大豐富的物理和電子學知識，要令琴鍵跳動，奏出音樂，甚至經杜仲的掌心傳遞說話這等小事，可說**易如**反**掌**。

而依我推斷，田太太所聽到的，一定是白素學着蘿絲的

聲音，要田氏夫婦盡快搬家。

想到這裏，我才矇矓地睡去，一覺睡到了**傍晚時分**。但紅紅睡得比我更沉，仍然未醒。我趁這機會，連飯也不吃，便立即出門去。

七幫十八會中，**黃龍會**的頭子**秦正器**生活潦倒，是我一直在接濟他，我決定去找他問問白老大這件事。

我來到他所住的郊外村屋，在門外大聲喊：「**秦大哥！**」

屋裏傳出他的回應：「進來吧！」

我推開沒上鎖的門，一如所料，看見秦正器正在玩電腦遊戲，他還興奮地告訴我：「你知道嗎？剛才我又教訓了幾個欺負新手的壞蛋，現在許多**新玩家**都稱呼我老大，哈哈。」

秦正器是一個正直的好漢，如果生於亂世，必定是個人

民英雄。但如今 *時移世易*，社會繁榮，科技先進，哪

裏還有讓他以一身武藝抵抗洋鬼子，鋤強扶弱、行俠仗義的

機會？

於是他漸漸沉迷於那個名叫《幫會群雄傳》的

遊戲世界中，在遊戲裏尋找滿足感。

「秦大哥，最近是不是有人來找過你？」我問。

他一面玩遊戲，一面回答：「咦，兄弟，你怎麼**料事如神**？前四天，真的有人來找過我。」

「是什麼人？找你有什麼事？」我連忙追問。

秦正器**面有難色**，「兄弟，你幫過我那麼多，本來我沒有什麼事情會瞞你的，但這事涉及七幫十八會，而你又不是七幫十八會的人——」

我立即說：「秦大哥，我就是敬你這份為人。不過，如果你知道了原委，一定會告訴我的。」接着，我便將這幾天以來發生的事情，全講給他聽。

他還沒有聽完，便拍桌大罵：「**可惡！**」

我一時間也分不清他是罵遊戲裏的玩家，還是我所講的事情，直到他說：「白老大生了這樣一個**敗家子**！兄弟，你猜得不錯，四天之前，有兩個人打着白老大的旗號，為我送來一隻紙猴子，說八月十六，七幫十八會的首腦人物，全

到湯姆生道二十五號集會。」

「是為了什麼事，你可知道？」

「來的人千叮萬囑說要帶上那塊 **破**鐵**片**，當然就是為了那筆錢了！」

「什麼破鐵片？」我問。

秦正器不情不願地暫停了遊戲，轉身走進睡房，掀起牀板，翻出一塊 **巴掌大小**、約半寸厚薄的 **鋼板** 來，遞給我說：「就是這個。」

我接過來一看，只見那鋼板形狀奇特，兩面各鑄了文字和圖案，但都是斷開的一部分，無法理解它的意義。我看了一會，直接問：**「這是什麼意思？」**

秦正器解釋說：「七幫十八會歷史悠久，從革命到抗日戰爭，再到各大小動盪事件，一直都有籌集經費並滾存下來。直到三十年前，眼見社會穩定，大家開過一次大會，決

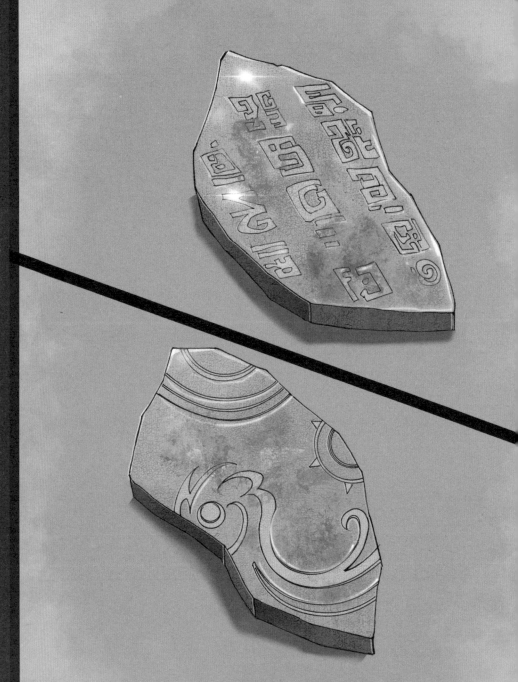

定找個地方把這筆錢先藏起來，以備將來**不時**之需。」

「七幫十八會中，當然是 青幫 最有錢，大家當時便不記數目，將所有的積存都交到青幫的 司庫 手中。他找到地方把錢藏好後，將埋錢的地點鑄在一大塊鋼板上，當場將鋼板擊成**二十五塊**，分給七幫十八會的首腦，只要缺少一塊，也找不到藏錢的地點。」

我馬上有疑問：「但他自己知道藏寶的地點啊。」

「沒錯。所以他回來時向我們報告，他已把同行協助的十個人全殺了，以免藏寶地點外泄。而他把這件事報告清楚，將二十五塊鋼板分好之後，他亦當着眾人面前自刎。但大家敬重他是一條**好漢**，又怎忍心看着他自刎？於是制止了他。

結果，他便以尖刺，刺瞎了自己雙目，使自己無法取回寶藏，同時又發 ☠️ **毒誓**，堅決不會向任何人透露那筆財寶的事。」

聽到這裏，我自然知道當年那個青幫的司庫就是于廷文。我相信他當年確實沒有私心，但過了這許多年後，他一定連做夢都想着那筆 **$錢$**，終於禁不起 **誘惑**，決定偷偷把它拿走，加上知道大集會在即，所以心急起來，找到了我。

于廷文之死，當然是因為他泄露了 ✧**七幫十八會**✧ 的秘密。但我和秦正器都有同感，白老大不會忽然想要分那筆錢的，此事一定是他那龜蛋兒子的主意，想 **巧取豪奪** 那筆錢。

「我要在這次大集會上，痛罵那小王八蛋一頓！」秦正器 **義憤填膺**。

我連忙說：「秦大哥，我想和你商量一件事。」

「什麼事？」

「請原諒我實話實說，秦大哥你近年沉迷遊戲，疏於練功，恐怕不是他的對手，還會丟了 黃龍幫 的面子。」

「荒謬！誰說我——」他憤怒地一掌劈向一張 **小木几** ，想把木几劈開以示 寶刀未老，怎料木几沒有裂開，他的手卻痛得瑟瑟發抖，不禁 垂頭喪氣，說不出話來。

　　我立即安慰他：「秦大哥，不要緊，我已經想好了。我和你身材差不多，再加上我超卓的化裝術，相信沒有人能認出來的。只要你信任我，將 ~~紙~~ 猴子 和 鋼板 交給我，我便可以冒充你去湯姆生道二十五號，參加這次大會！」（待續）

衛斯理系列 少年版 11

地底奇人 ⊕

作　　　者：衛斯理（倪匡）

文 字 整 理：耿啟文

繪　　　畫：鄺志德

責 任 編 輯：陳珈悠　彭月

封面及美術設計：BeHi The Scene

出　　　版：明窗出版社

發　　　行：明報出版社有限公司

　　　　　　香港柴灣嘉業街 18 號

　　　　　　明報工業中心 A 座 15 樓

電　　　話：2595 3215

傳　　　真：2898 2646

網　　　址：http://books.mingpao.com/

電 子 郵 箱：mpp@mingpao.com

版　　　次：二〇二〇年四月初版

I S B N：978-988-8525-67-6

承　　　印：美雅印刷製本有限公司